多明天就要開始了

謝予騰

目錄

貳、皇后大道東 2019 043

伍、因為明天就要開始了

【推薦序】

桑原與藏馬——小誌《因為明天就要開始了》

陳政彥

認識予騰十幾年，看他學習的足跡從嘉義大學、中正大學、再到成功大學，創作的歷程從《請為我讀詩》、《親愛的鹿》、《浪跡》再到《因為明天就要開始了》，的確能夠感受到某種成長弧線，但卻又有兩種相反的感受，難以名狀這種感觸，遂借用香港余境熹教授擅長的「誤讀詩學」手法，為本詩集下一個極其個人經驗的閱讀註解。

《幽遊白書》中的桑原和真，以不良少年暴走族形象登場，外表粗曠內心淳厚的典型男子漢設定，一直以男主角浦飯摯友身分在漫畫中活躍，沒有前生神鬼、現世仙魔的DNA撐腰，身為人類扎扎實實地修練成長茁壯，雖然也有撞牆期，但是旅程積累的風光都給予養分，最終揮出了次元刀，成就獨一無二的絕活。某種程度上，予騰外表造型像桑原，超MAN形象，騎著心愛的重機，為了情義，不惜從臺東奔波到嘉義，往返兼課，人不堪其憂而不改其樂。

在創作的軌跡上，按發表時間一首一首比對大致也可以看出予騰生活的痕跡，大學時代對追求／追悼愛情，研究所階段融入民間信仰與道教元素，當兵時期有浪費生命的窘迫無奈，學成後有流浪博士的辛勤與辛酸。對生命對社會的體驗，都厚實了予騰抒情的筆調，含蓄的詩筆沖激宗教文化與台灣鄉土田調的堅實，激盪精彩文字浪花。此前多位詩人前輩所盛讚他能調和鄉土與抒情，傳統與現代。此特質在這本詩集中有更成熟的展現。

但我看予騰，更有點像《幽遊白書》中的南野秀一，透著妖狐藏馬的影子。

或許是親近，早在他得獎之前，發表詩作，刊行詩集之前，就認識大學時代的他，氣質更類似於六朝狂士，稜角分明的正義感，對世事時局有著年輕張揚卻不失審度的判斷。或為詩藝，或為時事，在網路上宣示自我立場，不服來戰的氣魄既有聰明打底，也不失幾分好戰的少年心性。豈不是像極了漫畫中的魔界盜賊藏馬。

但在他初期的詩集當中，似乎很難找出這樣的身影，不沾染人間煙火，對詩的執著，對愛的惆悵，如果詩中的第一人稱能夠被電腦掃描，3D 立體映射成人形，應該就是像南野秀一這樣，手持薔薇的翩翩美少年吧。雖偶爾有批判時局的尖銳詩句，但整體來說比例較低，像是煙霧中閃現的妖狐身影。

詩人年少耽美，往往到了一定年紀之後，詩風會隨著生命歷程而有所轉化，最經典如葉珊／楊牧的變身，但其實多數詩人都會走過這一遭。在予騰最新這本詩集裡，隱約可以感覺到，更廣大的關懷與更現實的探問融化在詩句間，像是妖狐藏馬的力量逐漸回到南野秀一的身體裡，二者之間失去了界線，更坦然地卻又不失優雅的呈現更真實的自我。被世事擊打，日漸成熟的少年狂士（幸運不用吃社會主義鐵拳的我們，但資本主義的老拳還接得少嗎？）不再好戰，只是為了真理不得不辯駁，詩中的浪漫情懷，紅塵歷劫一番，不再耽美卻更有一番洞見的澄明。

或許，現在正是予騰詩藝將更上層樓的出發點，我滿足於他當前的技藝，更期待他未來將描繪的風景。

壹

天黑的十二種方式

陳建男

予騰的詩在抒情的聲腔中面向現實，這本詩集與以往稍有不同，聚焦當下處境，無論自身或家國、臺灣或香港，都可見身為知識分子痌瘝在抱的情懷。第一輯饒富咀嚼，動物的隱喻、諧擬的言外之意，在意象與聲音的交響間構築新的現實書寫。

天黑的十二種方式

零、

天黑的十二種方式，口語版。

一、

放學後，把鐘聲壓進書包
心儀的女生卻坐著校車
和學長回家了。

二、

一手啤酒之後
戀人還在樓上——她的妝
遠比你的愛情重要。

三、

學弟的論文沒寫完
找你哭訴
卻連你的狗都想咬他。

四、

學弟的論文寫完了
找你慶祝
但沒有女性願意同行。

五、

判決書來了
假冒你意見的政黨，被緩刑四年
並要求校正回歸。

六、

死亡名單公佈
大家才驚覺，臺鐵原來不過一段
老是見鬼的夜路。

七、

寫爛詩沒有人罵
但好詩太多
像蒼蠅一樣在文學史裡亂飛。

八、

長官的顏值比你高
長官的年紀比你大
長官的笑話比你多

九、

高速公路上滿是金龜烏賊與交通部長
他們深怕二輪
前來破壞生態平衡。

十、

校長不在，她去備詢
我們寫的論文
一定不比她的道歉真誠。

十一、

非告訴乃論，但檢方永遠不會提告
歷史課本
竊取了奶奶的記憶。

十二、

太陽下山爬不上來，全島熄滅燈火
核電廠一臉得意
告訴大家他準備光榮退伍。

連她煮火鍋都是安靜的

而世界並非你所豢養的狗與貓咪
穿過停留過久的縫隙，還能在鏡頭上
肆意惹人憐愛。

說這麼清楚，為何還不明白？
升起一顆全新的太陽
困難度並不亞於純粹的傷害。

像噴裂的浴室瓷磚地板裡
一條投錯胎的龍，傻眼地與淋濕的戀人對望。

此時情緒很要緊
連她煮沸的火鍋，都識相地表決通過——像一群
溺水的鮭魚
直到我們，終於如方才熟透的羊肉
一同安靜了下來。

老濕雞

淋濕是，最寂寞的表情。

聽雨時，我猜測
透明並非
你動心的顏色。

終究只有自己能明白真愛
如何辨偽——無論雲霧與料理
是否彼此抄襲。

鋒面停滯，西北風和傳聞
僵持在不願點開的遠方。

此刻，淋濕是我看你
唯一的表情。

好歌猴

聽別人寫歌。像猴子們
依序排上斑馬的背部
搔癢。

這群不能被豢養的野獸並不滿於
當今的叢林
充斥太多幻想與沒電的手機
不能拍照或打開 APP
只能看一片雲偶然飄過
輕易地被指責與承認了所有抄襲。

斑馬斑馬，還沒遇見鴿子
就已經睡著了。

猴子們回到樹上想要唱歌
發現樹底下有狗群經過，並禮貌地嗅著
彼此的屁屁。

猴子們覺得噁心
牠們知道自己的高貴
才不會輕易為不熟的朋友填詞、點菸、高呼
或者擦拭那些
沒有認真消毒的屁屁。

狗不叫

男人們圍著彼此的機車
維修日常
拍拍菸屁股，散落灰燼
堆疊成黃腔幹話；一條老狗
蹲臥在牆角
斜睨這群失去年華的幼獸，像肚皮裡的陳年積碳
難以清除。

牠們對彼此頗為忠實
畢竟能失去的，已不復存在
戍守過的島

幾班夜哨，吹噓暴雨和追逐過
卻留不下的火石光電；如今
不再吠叫的狗群，窩在爬滿壁虱的沙發上
端詳雜毛與彼此
舔舐那些已無痛覺的癢處。

引擎還能動嗎？黑手
抬頭環顧——那些熱血與愛情
早就停產了吧？
男人們沉默地點燃對自己的失望
向空中吐出昨日之雲——他們都想起了
那條屬於自己，而今死去
曾經一臉無賴的老狗
初次見面時，不發一語
表情溫馴且尚未世俗化
一副不能不被深愛的模樣。

流行鴿

也不特別
就想抽口便宜的菸
聽年級比自己小
留長髮與光頭的樂團，唱些不中聽
卻帶著微光的語言。

啜一口晚霞，已不記得
清醒該如何保持
夕陽晃著惺忪的眼，看那些
末途中的白鴿與戀人們
裝腔作勢地親嘴——沿著食道、帶著酸味

夜和他們的上帝
很快就要降臨了。

嘮叨兩句，最後
癌細胞般的失望，終會因彼此而
遍佈全身。

就想抽口廉價的菸，自鼻孔噴人生的迷霧
誰能不死？
那些老樂團
剪髮也好，挨槍也好
都曾企圖留下更多更多的被愛
和金光閃閃的語言。

斑馬線

遇見一場徙遷
人們斜眼
看誰的姓氏被留在彼岸——四月終究離去
陽光穿透城市，人間
稍嫌寒冷。

想過暫住於無傷的年代
黑和白相互熟識
不用說些清脆悅耳的謊言
愛情不曾寡居，寂寞
亦無須定義。

但那已是
被棄守，之前的事了。

四月與遷徙，攸關城市與宿命
我自此端
望你，在恣意浮動而
面目模糊的車潮裡。

貓落去

會有更多碎片被東北風帶來。

不能騎車的日子
側身滑過眾人即時動態
學貓，我是貓
謄寫少有來訪卻時刻相見的友人帳。
（即時動態皆為碎片，碎片
是當年被妳無心踩斷的角）

瞬間懂了也就忘了
它正困在大小方格裡，靈魂開始動搖的人們呦
請接受我燦爛的訕笑——如今
看誰在自己屋簷下
仍得乖乖低著頭。

東北風還是沒能追上
迷失在市區的鹿。

換季之前，我曾以為愛人
是彼此靜置的遠火
並焦捲了雙方的鬍鬚，時間的爪子也因此
殘留一點血痕
但不再那樣激動地疼痛了。

而我是，一隻跌落的圖騰——這很難解釋。

當結實的橋橫跨在互文的彼岸
穗狀花序並金黃色地熟成
東北風又帶著雨來了。不能騎車去海邊
帶著肉球，我從斷牆跳下
得找句不走音的歌詞
終結無法漱洗毛髮與頑石的日子。

嗝離者

想把胃裡黏稠的雲
掛在夏日的冷氣出風口
像一個長長的嗝。

熱情就這樣離開了
像年輕時酒宴上
滿桌的豪傑英雄。

故事原欲找人說了
才發現除了自己
誰如此善良，自願當語囈
忠實的聽眾？

貧窮的錯誤我們都懂
在省道的盡頭和高速公路的匝道口
伸手比讚
等待資本主義或慈善事業
良心發現地將我們收留。

胃裡的雲都黑了
但又不肯下雨——我想住在夏日的冷氣口
讓脾氣不比響屁更臭
冷卻後的嗝聲
可以傳得更長更久。

負鴨病房

多年後
我的靈魂，仍舊沒有
走出治療悲傷的
負壓病房。

而痊癒的零號病人
安插在送別的隊伍
默然離去，一些散裝的陣雨
鱗片般鋪滿森林。

像健康的鴨群
緩步入水，整個湖面的漣漪
盡為栩栩飛蝶
沒有任何一根
青黃不接的毛羽。

盯著為爪蹼——親愛的零
我是為你
自願成為兩棲。

我所居住數年的
負壓病房裡，未曾有過鴨群——或許牠們不存在
悲傷的基因
沒有需要康復的個體。

鷹該吧

該如何選擇才堪面對？
這似乎盡知而無味的世界。

在和鷹族比肩，平行海岸的上午
口語化的波浪
陣陣打在島嶼東線
掠影而過，11號公路
終是無盡修築的長途
看鐵道自頭頂穿過
一些故事匆忙地下站，並朝著身後
不停揮手。

當時，並不明白
前行者們為何一臉瞭然
並溫柔地撫摸我們——那曾鋒利而
難以節制的青春。

鷹都知道，但也只是沉默地沿著海浪
筆直飛翔——此次流浪
牠或比我
放棄了更多轉圜。

我猜，我們都還有些
想說的話。

無味的世界持續季節性地來臨
側看鷹族——牠正拍動翅膀
準備靠右，滑往另一個方向。

貳

皇后大道東 2019

藍朗

一個對文字有駕馭能力的人
一個愛說話卻不太說穿的人
一個熱愛玩文字遊戲的人
一個對世事還有感觸的人
一個感覺人間微冷的詩人
一個對情愛還有執著的人
一個對詩風存有執念的人
一個很會寫自己的詩的人

這一個人，就是予騰

惡靈

我是你的命定，與最
負面的敘事。

拾獲花鰻的族人
忘了自己
沒有更大的陶盆——我知道
這場故事裡
自己勢必得在你的夢中反覆出入
而你賴以為愛的溪水，終會
被我的肉身侵襲和阻絕。

於是你捨棄了拼板舟與黑潮，逃上了岸
在首次點燃漁火
神便南去的島嶼
那裡的銀河是沾黏天際的魚群，而我
是一條有毒的長尾巴
面目醜陋，故而你藉口
必須學會害怕。

親愛的，你刻意忘了我
是如何費力
就為了見過你所深愛的老貓
和當年允諾
卻無力信奉更多的十字架。

迸離吧。我能夠體諒
自己原就是你最喜愛的惡靈
與害怕的戀人——當我
是你最誠實的慾望，便亦已命定成為彼此
最負面的敘事。

祝福五段

一、

你的姿態，竟似我所信仰
最初與最終的神話。

二、

當咆嘯的惡龍們吐舌環伺
光仍自遠方的島
被高高舉起——請相信
乘著藍鯨的男人
終將帶領黑色飛魚和他的子民

如巨鵬展翼、御風而來。

三、

屆時，眼淚將不再被炮擊
羽毛與翅膀也都能自由航行
飛舞的花不再落海
無有光線會被拘捕，請相信任何聲音
皆可以高唱。

四、

願所有迷霧都將四散
龍群與黑暗
都將遁回深淵與北方。

五、

海的對岸，我燃起火
就當陪著你
此刻一起將黑夜穿在身上。

悲傷的事 2019

悲傷的事有很多，去年在海港投錯的那張票是一種
心愛的男人當街外遇是一種
股市漲幅是一種，被自己繳稅
買來的飛彈和子彈擊中頭部
也是一種。

剛開始，想認真談談悲傷的理由
自稱是母親的女性們便都哭了——再也買不到如此
純辣的化合物
雖說淚流滿面的孩子們，臉上並未出現可驗證的彈孔
但沉默的空洞與死亡的部隊正一步步

踏平他們的靈魂和五官
無名而黑衣的執法軍警，像島國染病且流浪的瘋狗
沒能來得及擁有屬於正義的編號。

還有些比悲傷更悲傷的事
遠來八百里外的島
螢幕裡的極權主義信仰者，指稱噴出火燄的武器
都不過她裙底的玩具
聲稱她們的嘴才是真正槍，或者
不知給吞吐過的，多少的槍。（那麼重鹹）

回到悲傷，本質上
是尖叫對決槍響、憤怒混合著懼怕
上個世紀末沒有魔術師
這座城市卻已見證一隻沒有蜂蜜可食的熊類
如何將所有宣言與怒吼轉變為空話。

當然，說不完的悲傷的事，仍有很多很多
當街親吻已婚朋友的是一種
多元成家無論通不通過
在萬物運行法則崩毀之前不過笑話數則——不懂悲傷的人
望三十年前被消失又重現的城門口
一個頂天的禿頭低望著他的國家，所有人都覺得悲傷
然而他們卻還細小到無法使對方感覺
這是件需要被悲傷的事。

後設語氣下的鯨魚和老靈魂

養一隻鯨魚在浴缸裡
聽牠呼嚨
自己的老靈魂，和球星
身處的同一個世代——牠噴不高的水柱
說明了一切。

（原本我該設計牠說話或吐出皮諾丘
但想到又有人要罵我
所以決定，將牠的謊言
留給下屆評審團們使用。）

這都是安排，包括提及大正時代
和不同形式的呼吸
眼底下，你是火而我
是飛舞之毒
不明白事態的讀者們
則是群攀不過嶺口的山豬。

（這又太魔法公主了。）

我們先回到浴室裡，浴缸其實還沒蓋
你的戰鬥力有多少
我沒興趣清楚
但鯨魚，就在那裡。

如同不聽明的人
才需要嘲弄並學習他者的情書
被質疑的詩人
不一定必須喜愛過老的靈魂——他獨自
坐在浴缸前沐浴
明天，自會有誰浮出潮汐
解釋這些不被諒解
且刻意的虛構。

皇后大道東 2019

黑色的姓氏與魚群
持續淹沒金鐘
在貴族們盡皆離去
日落之後的皇后大道東。

暖潮經過，冷眼看百尺之外那些
鮮血戎裝的武警
與輕易被天安門曬紅的明星、歌手和特首。

此即為命定，黑鮪魚們知道
時代來了。眼前朝自己舉槍的射手
與一本釣的漁人同樣

面目模糊、身份不明；隔著海
從未有過白金漢宮的皇后大道東如今
被逼迫屈身遙拜
遠遠的紫禁城。
（朝天之路太遠，黑鮪魚的性命太短
躍不過思想窄門，無人可以成龍。）

金鐘道上的黑潮仍然洶湧
黑鮪魚成群
跳躍在無有月光的深夜——牠們深信
海洋與家終是自己的
太陽若不昇起
月光也將照亮這座城市，以及記憶裡的
皇后大道東。

註：歌手羅大佑寫有歌曲《皇后大道東》，臺語版為《大家免著驚》。

重要

——2020年初與滯留咸陽二弟通話後

改天，想在
溫暖的地方和你聊天
或一起抽菸。

關於沒買到的
那款新酒，真是抱歉。

天冷了，你那裡氣溫
似乎總比數據還差了一些。

漫不經心聊些無關緊要的事
再怎麼說，也沒有
能在此刻與你講上話
來得重要。

夜城

方過子時。

妳需要找到新的蝴蝶結，在封印獸
燦爛地戰死之後
那並不只是些概念性耽美的玩意
或如鍵盤敲擊與安樂死一類
而是某塊賴以為生
並被自己遺忘般的密碼，緩慢地於靈魂與肉體中
受著劇烈的苦。

不一定是書信散文，可能
是詩或小說
關於此點，希望妳諒解——被神棄守的堡壘
有太多過去沒有的負擔
此時該好好思索，花這樣大的力氣
誰又能因此獲得救贖？
我並不打算再寫一封長長的廢文
來討論生死，但逃跑與勇氣
妳只得兩者皆取。

今天已處理得差不多了
早上起床，我會記得將妳與明日
寄送出去。

子時方過，不願妳的心臟
只是他人審視的作品——但封印獸戰死後
我擔憂，下一個蝴蝶結
將如遲來的始曉之光
無有蹤影。

別來無恙

原來，可以這樣。

不如把所有夢都倒回昨夜，隨意點燃漫天火燄，看他者足跡在沙灘上捧起一叢叢月光——矯情的潮汐，跨文類的愛人們呀！別來，無恙。請讓我們高舉彼此的碎片，在失去信仰的孤島上，相互廝殺吧？

寄居在殼裡的神與獸們，從未因此害怕。每個雨季祂們從容地化妝為自己，幻想遠方不曾舉辦的舞會，毫無節制地揮霍神話裡的輝煌，縱使被打斷的牙仍作痛著，被封印的姓名蠢蠢欲動，被滅口的族群，明日還將懸掉在自殺時的樹上——而龍王老了！不再說些年輕時，聽來含金量頗高的獵殺和取經的過往，以及當時因故死去的太子。

魑魅則獲得紓困金，和魍魎到人間去了。星宿們離棄天門與仙界，甘為凡塵的蘋果與小米，鬧過天庭的猴子回到南迴公路，像離去的戲子在夜裡引火，取走了原來滿是怨言而無力整建的排練場——都給你們吧？別來，無恙。杜康與瘟神對視微微地笑，憂愁不歸祂們掌管。

原來，這樣可以。

醒不來的人們，自隔離旅館與治喪委員會中，不滿地看著，那座剛剛罷免過去的城市——死的本質難以理解，但不再需要除蟲，可我無法知悉在他們眼裡，堅持凝視著了無生趣的未來，到還能、還想怎麼恙。

年代

慶幸我們
活在還有蜜蜂的年代，維尼仍是摯友
蜂蜜對腸胃也和善。

鼻腔裡
有股水流入的感覺，鰓雖尚未長出
但海裡仍有一些魚群游動
還好，我們
活在海保有魚與鰓的年代。

聽得到人說話
看見悲傷的人縮在角落，發現問題
還沒辦法解決
但可以哀鳴與哭泣——還好我們
活在不一定被解決的年代。

打了噴嚏，機車陣中
所有人橫眉來看
一旁有風吹過，而我
不知道風是往哪一個方向吹
但慶幸我們
活在風向時常被帶卻仍能保有
自由呼吸的年代。

蜜蜂與維尼們也都在
蜂蜜也好吃
慶幸我們還活著
在腸與胃都不好但醫院和議會裡
還有大腸鏡的年代。

走進

我還在想是不是
跟你一起走進這場風雨裡。

當島上萬千的稻田都熟了
才想起自己
呼吸是藍色的，而遠方的歌聲
則是透明的；你的節奏
湧動了我胸口的海——濤聲
覆蓋了愛與黑影，波浪則為鹿群
踏過的草原。

直到魚群都已離去
直到步伐盡皆止息
我思索著，風雨裡我將如何
一點一點地失去了你？

親愛的，或許
你原是汪洋裡的孤獨白鯨
種種誕生並寄居於你體內中的神話
都將被海平面
緩緩上升而溫柔地淹沒
在我胸口的海水中，像長鼻子的木偶
和以鼻子為名的地獄。

如今，我已聽膩了過去和寂寞
自顧地唱著那首徘徊在草原上的歌——那時

甜蜜的火燄正吞噬我們
在一個燦爛無比，夢想
還存在於記憶的午後。

只是不想再次輕易地失去。

再次闔眼，深知自己
必須和你一同走進這場風雨。

敘事

在我存活的敘事線裡
氣溫和海浪
旁枝為許多可能。

偶爾認真盯著它們，大多
就任其發芽，長出小舟
或藍色風鈴一類
並輕易地
受著外力影響。

而我不認識主線的敘事者，包括口吻和風格
皆陌生如遠方的戰火
世界則任由他，或他們
搓揉、拋擲、咀嚼
在我的存活裡
數個次元般地轉換宇宙
像筆直的蟻隊，幾度開散。

甜美的一切，始終無有發現——太平洋高壓
是浪與溫度
與最後一道防線。

下一場暴雨伏筆在未見的事件後，像公路
在島嶼東部無有盡頭
像我，賴以存活
卻毫無知悉的敘事線。

陳述

雨季之前，以為掃盡了
人孔蓋邊的花瓣與落葉
最後卻仍看著積水肆意淹沒城市
與不再復返的日常。

才知道，我們的名字早被偷偷埋葬
於是脫下皮膚
凝視每寸因承諾留下的刀疤——
油畫般漂浮時
連假終是迎來了尾聲。

這讓我們決定
輕騎去探望夜裡的海，聽濤浪
陳述一切
被月光照亮的心事。

（水中有你的城市
城市裡有別人的月光
月光落成了新生的花瓣
花瓣腐敗為我的姓氏）

原以為，海沒有脾氣
像年輕時的我們不曾學會的謊話。

雨季之前
打掃了所有排水孔

但那些躲在皮膚底下的日常與
不可告人的姓氏，卻仍積滿了
這座被淋濕的悲情城市。

參

關於，2021

神神

予騰的詩常帶著重型機車馳騁甩尾的痕跡，泛發難得的少年氣，在某段轉彎處刮出銳利的幽默；那痕跡鋪在現實的路面，很可能是冷熱交摻的。章節各開不同車道，有自身的時間、方向，甚至限重。這中間的休息（加油）站，應該是〈關於，2021〉一章，主／客反覆的答問，讓意義（哲理）流動開來，惟時間（敍事）回歸於靜。

關於反省

想知道自己的樣子
在獨坐之夜
質疑當時是如何被你包裝？為城市裡
最寂寞的代名詞。

翻開那些問候，釀了多年的酒
瞬間也就老了。

猜測靜默，已是彼此
最後的籌碼——你在過去的季節裡
賭上最後的承諾

而我是漂泊的島群
每每在地圖的海上，裝成
洄游的藍鯨。

或許彼此手中，緊握著的
只是丑角無聲地哭泣。

夜正獨醒
城市是被包裝過度，忘卻姓氏的酒瓶——
而寂寞也老了
我仍坐在同一個位置，思考自己
該是什麼樣子。

關於成佛

緩緩舞動的臉皮
骨肉，一灘影子
殘缺在缽中。

懸掛在夢裡，世界
水鏡花月組合排列
轉頭泡沫
像灌頂而乾涸
未有一切的四月。

曾經暸然
在光不能入的洞穴
再來，是人是城
是寂然與樂、撒手和思念。

骨肉而已——病尚未臻至
膏肓與髓。

而我缽中有你
雖不甚高明，於未悟之處
仍藏身影——低語殘破三千
大小化盡。

關於和解

過熱的午後
伸手撥開附著你身上的陽光
像手搖飲的杯壁，輕易滑落
凝結的水滴。

展開辯證之前，我想先聽聽
墜落的時光
碎片的敲響；
至於更遠的一切
漫步性地四散
而最後，關於你知道的
語言仍將無有結果呀。

啤酒的泡沫，也都等到
消散了。

不喜歡這些撥不開的陽光
午後，你手上的飲料杯裡
還有多少？
能降溫此刻彼此
思念過熱
又餘溫尚存的碎冰。

關於底棲

還記得火
遠遠舞動的樣子嗎？

鯊群仍無離去的意思，寂寞與憂傷
隱喻般漲退著——夜是
無盡暗潮
我們仍為彼此遠眺的銀河
像孤獨的群島
紛紛斷了聯繫。

確信黎明不再臻至後
決意在掌心默寫彼此的姓氏
第一筆是妳
出尖不過三十前後
接著是山丘，垂露上揚到了飛白
卻依舊找不到自己——如果有光
或許能辨別誓言
是否仍棲息於靈魂底部。

而眼前墜落的
又是第幾個下凡的星宿？為何總要編織
一些粗糙的謊？
在透明的海峽底下，答案或該比珊瑚
更加白化。

還記得遠火的顏色嗎？
鯊群在島礁下迴游，彷彿前次大潮
沉默的腳步上
一圈又一圈的模樣。

關於閱讀

第三次高潮後
才發現，自己
其實沒那麼愛你。

但當時
我是如此情願
為你浪費每一口，就要成熟的
秋季與歲月。

多年後
謾罵，像四處巡迴的鴿子

紛紛長出灰藍色
且不肯掉落的毛髮。

於是，篤定
自己並沒有想像得那麼愛你——雖然至今
早再無有任何謊言
能令我此般
深信不疑。

關於思念

若為命定，請讓我
用粗糙的語法埋葬妳。

就當這是花叢
沉默的原因
而整片天空，都該因此墜墮。

看不懂雪的人
形容了冷
描述三成陌生，剩餘
無非妳的姓氏——像年輕的旅人

試圖第一次歌頌
七月的海洋。

還是妳希望？被這樣的冬季
任意埋葬。

我冷冷地聽自己說話，才想起
沉默多時的人
大抵盡只會說一些
粗糙的文法。

關於無能

他驚覺自己
是由羽毛所構成的人。

鬆散的光線
穿過皮膚，無法飛行
而建築竹籠的鳥
剛開始學習奔跑
他冷眼，張臂
自頂樓緩緩墜落。

底下的故事總是無人在乎
比掉進眼皮裡
細瑣的塵埃還不如。

光於是回到籠裡竹子回到土中
春天不來，三月
沒有能夠起飛的事物。

終究無法學會如何在世界裡
安穩地降落——他懷疑自己
是羽毛構成的人。

關於無害

滅絕的貓科，躡足
繞過島嶼的夢境。

鼠類與群花
已佔領了議事場多年，從那時起
便沒有新的山脈
能自赤潮升起；
月暈破碎了森林
而曙光未完成——更多的預算
還躺在貝殼的紋路中。

但這些並無損繁殖
起碼城市裡仍定期培育不同品項
且鮮豔的果實
並企圖在眾多神話內
埋葬自己
註定季節性無力下嚥的謊言。

貓科們抖動鬍鬚，知道自己
早已滅絕了。

牠們群聚在無人的車站
等待列車推開浪濤
一同在驚醒前
將惡與夢載往更深的暗夜。

關於暈眩

被搬動的耳石，螺旋性
轉動著世界。

輕巧的誓言不停盤旋
像鷹的軌跡
你記得，那是入山前的故事
關於端坐的猴王
告訴你如何思慮與耍弄
已不聽使喚的棍棒。

自靈魂裡
湧起一股被吞沒的渴望。

至今，佛仍是
不語的金面
五指山下，第五百個僧人第五百次
抓住符咒——他們豈能認識
孤獨的棍棒，與你的猴王？

世界和耳石一起滾動著
鷹族遠去的夜裡
窗外有光，螺旋性地對你張揚更多
或許信誓旦旦的謊。

關於迴避

披滿鱗片的人知道
更巨大的龍，就在那裡。

在我窒息而
困鬥之際
妳的貓，是如何被羡慕
而無知的存在？

世界因此傾斜
在被退件的聲明中：種植月光的眼裡
悲傷是必然之果。

鍵盤上平庸而真切的表白
被隨意地棲息又打翻。

就是那裡。我們竟是彼此所知
最巨大的龍
在逆鱗所構成的敘事中
悄然瞅著。

關於閒話

如何醃漬彼此的眼球？一場雨
急急地下完了
水庫裡的魚
仰頭，假意滿足
打出冒著泡泡的飽嗝。

撒鹽好嗎？或者
再辛辣一點的質詢，能嗆出印在藥罐上
造假的學名——原來
是人工蛋白也無力
逼真的淚液。還好嗎？或許

再加一點鹵水
充當早已無力繼續流動的海洋。

一條關於味覺的提問
我們該以哪種政治視野，才能不再異常地
預測下一場風暴的路徑？

放大數倍後，無症狀的愛人們
終究還是被隔離了。

醃漬我們的眼球吧。如果
老的時候
爭論仍淤積著島和水庫
至少還有一對不離不棄的海峽，能讓我們
安靜地下酒。

關於清醒

夢裡的人，探不出手
觸摸作夢的人。

於是這個夏天
就這樣過去了。

颱風生成
與繁忙的衛星視線交錯
取消幾架班機
讓神不在場的街頭
能持續逃脫。

在意識的最前端
她仍堅持，不該醒來——如此才有辦法
將想像的血脈
繼續困在美好而殘破的夢中。

作夢的人不該責備夢境
如夏天生成了颱風，一段段燃燒的街頭
與一波波洶湧的群眾。

關於處境

決定閉起眼睛
聽不協調流行，放任歌詞漫不經心
節奏則毫不在意。

當浪花綻放了夕陽，明日
已自甲板上卸下——還有多少苦難？
出沒在註定
無力復返的遠方。

迴游，只是一種不如意的說法
觸感類似矽膠與指間無以名狀的磨擦。

不想見人，今後
或許再也不肯聽誰歌唱
閉緊雙眼
想像海正推動自己
在無情無緒，漂蕩不定的海上。

關於疫情

雖然想你，但
也就僅止於此了。

更多的是天氣
不肯下雨
晾在巷弄裡的口罩一言不發
看事不關己的雲經過
將影子染白
充當整個世界迅速衰敗的假象。

也就僅只於此了，不能再
多跨一步：你坦誠，關於彼此的愛
已無法承擔更多破口。

只好遠端
學習更多無菌的謊言——如何讓我們再慢一點
才相互侵蝕與遺忘？

高溫正沉默群聚，像一列
安靜的神像。

雖然想你
或成為你的日記，此刻卻也只能
僅只於此了。

關於領悟

長出綠葉的人，知道自己
無法萌發新的樹林。

在神寄身後的
第十二個季節，終於
習慣自身與在內的所有凋零。

一些總不清楚的耳語雪花般落下
舊世界尚未擁有姓氏
因此也不需
讓多嘴而四處遷徙的鳥群
擅自解讀。

但能不能，再深入一些？

新的樹林，蘊育下一次輪迴的主神
一群幼虎和子龍
相識於霧氣滿佈，花鏡月水的湖邊——那時
他們都還不能瞭解
自己的命運
不過是叢草本植物的複數年生。

關於操縱

操縱影子的人遺忘了自己話語裡
藍色的羽毛。

那是戰時還未見明朗
殺戮與爭論並存
氣息游絲般飄蕩的隕石坑——而眾神
皆有不在場證明。

於是，沒有旨意
亦無需徵兆與更新。

那群和失敗妥協的信徒們
仍虔誠地相信
自己還能在遠古時代所創造的謊言裡
安穩地寄身。

殘破的真相，是路旁死水上
最後一道尚未收編而晃動的花季。

他們的影子，在光與闇交會處
排成一列不肯投降的隊伍
努力伸手
攫取失去自由
但仍有點反擊能力的言語。

關於停損

密於不雨。荷葉下
一條鯉魚浮著漣漪
無意現身。

生死，不過千萬劫裡的
一道眼神。
彼此凝視註定到來的一念
任腳下的冰川
無聲無息緩緩消融
崩解為初始的模樣。

如何狂暴而寂然的美？

漣漪浮動荷葉，將雨的陰天
不願離淵的鯉魚正學著用影子
遮住自己的鰭尾。

關於隔離

愛人：小巷深處，孤寂如鬼影
正無聲且幢幢地群聚。

夢裡，我們輕易地背叛了彼此——新的戀人
陌生的齒痕
餘生的質問與答辯不過儀式，封印眼下
正被迫分離的世界。

蝶群肆意飛入曾是樂園的廢墟，我想你
安靜地立於野花叢中
讓深色藤蔓緩緩穿過外衣，攀抓皮膚

刭傷並刺入靈魂與胴體
如某類不甚致命的病毒，階段性地反覆侵蝕
直到心中的鮭魚終已盡皆離去。

愛人，各別獨居的日子，也想過
豢養蛇類與狐群
煉一爐成精之丹，驅走緘默和趁病打劫的神祇
但我們不是那樣瀟灑的人
只能蹲坐邊陲的島上，碎唸一些無有效力的咒語。

無盡的迴圈、結界與術式，依舊持續進行——愛人
這場噤聲且難以言明的隱疾
仍然清醒而正不斷地群聚。

關於陣雨

螢幕顯示，雲很大
和太平洋上
孤獨的島嶼一樣。

我夢了年輕時的樣子
不由地讓自己被夜
二度覆蓋，並如何也想不起
醒來的方式。

屋簷滴落零星的雷鳴
撞擊我內在的行星——

一隻狐狸不明所以
窩在沙發上，兀自沉睡。

和島嶼一樣大，螢幕測量了我的心
是遮不住過去的
半片雨雲。

關於胡謅

1.

關於，我愛妳
請以第三方支付匯款。

38.

一隻黑狗躺在床上
我的地位與婚姻關係
都建立在牠
貪吃的夢裡。

666.

立夏，但島還沒學會
蒸發自己的影子。

78.

遠方的戀人來信告別——她覺得老了
而你卻不自由了。

87.

一群猴子，搶一間濱海大學校裡
所剩不多的香蕉。

0&1.

問題是我不想與你蕉流。
我的意思是
這沒有歧視，但是！齁

8.

這不是髒話，真的！
（語氣請停頓，直到一切復返於道後）
我愛妳。

肆

剩下的時間屬於自己

鹿鳴

讀子騰的詩有種快感，他的詩風自由又極具個性。在形式上，是靈動多變的語言，無論是活潑的口語、古典詩詞的轉化、夏宇的惡趣味，都能在平實中展現想像、詼諧裡饒富詩意；在內容上，詩集名為《明天就要開始了》，卻從「天黑」為始，似乎有意揮別過往，在悵惘失落的同時，保有善良與幽默。那種因反差所形成的張力，令人著迷。

打電話到柏林

夏天，比你想的漫長。

菩提樹下大街口，傅斯年
沉默地讀海涅與馬克斯
因沒弄清日光節約，你與她
一同錯過了重要的電話。

（話筒另一頭，是狐群擅自踏上的北歐
極光與片鱗、愛與死
此生再也無法涉足——那夜
精靈願意裸身

展示情慾和渴求
但話筒另一頭，狐群選擇
躲回洞裡的小宇宙）

施普雷河上通行著小船
電車駛過戲院與牛排館
你暗暗算著，陳寅恪或許方才離開
周恩來的船昨日便已靠岸
但他們都當不了愛因斯坦的學生
猶太人正準備逃往西岸
那裡沒有哭牆，也不存在以色列。

其實，這座人格分裂的首都
體現了廣義的貧窮相對論
他們漸漸已學會不再輕易相信神

但靠左靠右走的人們，仍被集體困頓著
徘徊於那場因通貨膨脹引來的世界大戰。

冬日還在遠方，雪橇犬與長眠的爬蟲類
菩提樹下大街的雕像們
配發了新的 IPhoneX
而過去沒能趕上的訊息，竟比那季未完的夏日陽光
還要眩目。

透明的人

共鳴的波浪
推開成山海，以及更遠
更遠。

透明的人自
雲層裡起身，和駐足的時間對望
眼神註定彼此
已為永恆。

敘事即為本質，寄託你的相安
與我的無事。

再一眼，板塊就要隆起
共鳴的牛群像你
對我的呼喚——憤怒的濤聲，很遠
很遠。

以為多懂了一點
原來，我們
不過揚塵世間裡，剎那而
透明的人。

那樣的人

原來，我也有了那樣的人。

在傳言的春光裡
可以穿著襯衫
接受他輕易且甜美的稱讚。

那時風雨還未成形
我們隨意生活
還忘記每個漢字應有的圖案
反正，有了那樣的人
可以被簡單地訴說、同情
再不用自覺和羞愧。

一切全然是些不明究理的愛。

那些標示不明的誇讚
隨機地漂流而置
毫不在意而虛耗自己生命之人，終究
我也有了。

初始

冷眼望月，直到皮膚
爬滿樹影刺的青。

那已是久遠劫前之事
一隻蝶，一朵花
凝視彼此
等待著宇宙初始的模樣。

當命運逐漸成形，關於愛的所有
仍未被成詩譜曲——
我們便已注定於此相遇
並開端了別離。

夜要過去了。美人樹
緩緩穿回滿身的刺甲
但她們記得自己
曾經剔透光滑的模樣。

踏過

竹林裡下了雪，與枯葉
一起踏過。

細碎的聲音是
一些靈魂清脆的折痕。

遠處笛聲緩緩地與沉默的疼痛
擦身，彼此
都沒有相認。

以被遺忘的詩，將悲傷
重新挑染。

踏過雪，站在
無人回應的竹林裡。

或躍在淵

浮水換氣，領航鯨發現極光正如
騰龍的形狀。

遭難的鯨群自疲憊的洋流
向不存在的神
祈求著擱淺。

如何化身火炬呢？
牠們在彼此的心中竊竊私論
期盼光終將探入
尚未黎明的海溝。

但深淵裡只有倒影的極光
如龍般明滅
且偶然地出沒。

不語

舊的衣服，掛著
深愛過
涉水離去的人。

鬼魂們絕望地
不願再多說了。

而明日，仍赤裸著
等待於始曉邊際。

褪下新月，倒影沉默
時間散發著艾草的氣味。

像舊去的影子，被河面
隨意地盜映。

談情

第三個紅燈遇雨，我們知道
得暫停在這裡。

將晾乾的情緒折疊整齊
趕緊收納。

原來以為
彼此共生於清澈的海上；而今發現
更深的水下
已無力探勘，只得放任話題無關緊要地漂蕩
海葵和小丑魚則滋養著殘存的愛
與輕巧的毒性。

明知缸中的魚群和棉被裡豢養的夢
已逐步死去。

綠燈後，前方仍會有雨——猜測是誰
會持續無怨地澣衣。

春遲

沒有理由地
想用細髮，綁住你的影子
將語言換上春裝
填滿午後
被寂寞遮住的時光。

情緒氣泡水般冒出
眼神遲疑
想推開過度靠近的城市——能不能？
能不能重新
教我畫上清脆的淡妝？

讓歌聲像風箏又像桃花
像大地又像煙霧
以及踏過殘雲與碎雪的形狀？

或許，這就是
寂寞了吧。我仍未習慣
太過真實的謊話。

能不能綁住細髮？你的影子
遮住了春光。新的衣服
還晾在陽台上——屬於我們的季節
仍靠岸於姍姍來遲的遠方。

註：已故詩人管管寫有〈春天像你你像煙煙像吾吾像春天〉一詩。

雪中取火且鑄火為雪

前次見面在喪禮上
灰白頭髮下
雪亦是你，火亦是你。

歌聲就此停下
彷彿愛人們自晝夜裡來，排著崎嶇的隊伍
將月光踏錯成浪。

以為又回到旅途中了
那場故事
頭尾不過自相吞噬的蛇身——刻好名字後
與石碑纏繞，等著一同風化。

灰白的頭髮下，你是火
亦是無盡之雪。

前次見面，喪禮上
我沒有道別。

畢竟沉默的火是你，我也只能
靜看飄落的雪。

註：周夢蝶著有〈菩提樹下〉一詩。

道歉

染指魔女的男子
將血液中殘存的慢搖滾
緩緩注入時間
那些忽近忽遠於島邊，流動而模糊的豔火
則擅自斑駁成浪。

然後迴游的龜族們依序爬上了岸
趁著失去法力的日光節約，挖出許多
存放情緒與命運的沙洞。

當時違背的誓約
決不能被誰輕易照明。

男子於是決意看著龜群在月落之前
又都回到水沫裡去了。

眼前，波濤已緩緩消解
成三角的塊狀
與魔女的嗓音——時間正皺摺成劣等的光
無邊際地鋪陳於灘畔。

男子企圖怨懟自己
卻連一個表達歉意準確的音階
都發不出來。

剩下的時間屬於自己

褪去制服，開一罐啤酒
端到頂樓
低頭看底下川流的敘事線與旁支
不開車的傍晚
警笛聲與新聞一樣遙遠。

終於，剩下來的時間
可以屬於自己
唱唱歌但不打擾鄰居
晚一點就逛逛無人的商場
並小心不要成為
迫害別人的人。

自由
原來那麼短暫，短暫卻竟然
這麼自由。

看看錶，剩下的
自己的時間
酒喝完再睡一場覺夢便醒了
醒了的夢中本該有我
但永遠不知道這樣的自己，還剩下
多少時間。

殘渣

最後一次見雪，已是多年前在合歡山的事了
心裡不算的話。看到路邊搭起了藍色帆布棚
其實想多說點什麼
但想到一切終究也無法歸還
乾脆也就罷了。

以前學喝酒也是這樣，杯子碰到就要乾
握酒杯的方式就跟著改變
要護住外緣包括上下，類似幫寶適或好自在；而今
我主要以啤酒為主，也不再有太多青春值得保護
故已不大擔心被隨意敲杯，而白酒仍大多
只是拿來加在泡麵。

安全帽也該換了，雖說暑假就是沒薪水的日子
早上在臺文館前的圓環
後面女孩子騎車追撞上來
她整個倒，我只有後土除歪掉了一些
備案時發現彼此都算嘉義人
想想，遭受強襲的其實是我們彼此沒有強制險的人生
順手給了她一張 100 元小七提貨券
壓壓南來討生活的驚。

弄得我現在，沒什麼心情為世界憂慮。

想起第一次見雪，是日本關西大地震前幾年
那時還不懂得寒冷
雪人也堆得很歪；再早一點，斗六祖厝的白色簾幕後
躺著查某祖，如今我仍想問她一些什麼

但想到現在自己看起來比殘渣還要狼狽

就乾脆點，別再鬧更多的事了。

膽小

——給二十九歲的自己

還是那麼膽小。

簡單的話都努力說複雜了
世界仍滿臉問號。

想到又得把一隻孵化的小雞重新
弄成荷包蛋，便開始後悔
關於廚房
是應該交給那些戀人。

最後，走遠的
都和夕陽一起終昏了，自己知道
趕在日出之前
必須學會告別、焚香
並加熱那些可微波且即食性
溫柔而善良的謊。

但就是膽小
許多不得不複雜的話
最後總是無法周延。

滿臉問號的世界看滿臉問號的你
問青春的故事
像雞與蛋的迴圈，擊破與疼痛
被一再重複。

中年已經來到在眼前
和少年不同
他看起來，跟自己想像中的一樣
還是那麼膽小。

看海

——給三十歲的自己

最好的一切都過去了。

秋天的太平洋
像當年對身世的假說——真相是滑動的
而世界仍不斷浮沉
只有宿醉和酒，總能在下一場黎明前
成就不變的因果。

遠處犬吠，嚇不走他人無心的惡意
只有自己的善良

被不停驚擾，然後
寫些會感人的句子
並繼續選擇待在滿盈罪惡的首都
成為想成為的人。

就是這樣過去了，美好的
那一切與一切。

冷眼看秋天與太平洋正游過幾條
似乎還保有自由的浪人鰺。

形狀

——給三十一歲的自己

想起年輕的模樣
將語言調淡
忽略細微色差
自清晨開始，點菸
聊一點不夠世故的廢話。

（那年流行眼妝
我是貓
而妳總企圖扮演
一個失格的戀人）

城市總得熱鬧起來
我們於是以昨夜殘存的疼痛
將它點亮——原來，在眼底
彼方曾如此輝煌。

菸不能點了，偶爾
我也在後山歌唱
承載簡單的疲憊
並回憶包括妳在內
一點些微的失望。

那時的友人
多有了世故的臉龐
我開啟音響，打暗燈光
剩妳還坐在那個夜裡，咬一根菸

歪斜的口紅
嘲笑自己
還不夠狼狽的模樣。

關於泗水

——給三十二歲的自己

趁夜浮出水面，鯨吞式地
呼吸自己。

必須再透澈一些
比如晨曦，比如清脆的醉意
自浮光裡微微暈開
看諾言與悔意仍隨著浪潮
輕佻地晃動。

更遠處，漁火和島
依舊難辨。

當時深埋的話語，此刻盛開
為尖銳而絢爛的珊瑚群，而被思念的名字
不過棲身於斯
艷抹濃妝的小丑魚。

原來，此即命運——我們始終費力
討論那場無有來歷的登岸與黎明。

漂浮的倦意。每次呼吸
都是一座星空
像幾度下潛時，水滴落在海面的聲音
關於這些流動的表徵
我曾錯認，或許就是透澈的本質。

伍

因為明天就要開始了

姚時晴

原來是這樣，關於
一切的敍事
也不過尚未成熟的
抒情的偽裝。

兼具詩人率性浪漫與學者冷眼靜觀的謝予騰，一方面以其幽默嘲諷的墨色敍述，觀視生活無處不在的荒謬與無奈訛誤；另方面，又以藏不住其詩人內在本質的柔性敍述線，言說著屬於詩性靈魂潛藏裡清脆的折痕。

如果從誠懇的敍述者來談，他的詩，幾乎可以跟他的人完整疊合。謝予騰以他八〇後創作者的敏鋭視角，創造出他獨特的輕搖滾口語式的抒情聲腔。每每讀他的詩，我總會想到這樣的身影：一名總在課堂上與學生暢談文學之熱烈與挫敗的熱情大學教師，在下課後，卻騎上他的重機直奔棒球場的外野投手。在他近似戲謔的語言肌理之外，還有許多如月影佈滿白楊木肌膚的朦朧刺青。

星球，一題兩式

一、我還在你的星球上嗎？

洗澡時發現
水不熱了
我轉頭盯著鏡子
但你不在裡邊。

才想起自己，忘記了
呼喚五月的方式。

此時，身子仍是赤裸
而髮已濕透。

浴簾背後
一顆找不到方向的流星
仍企圖降落。

二、你或已離開了我的星球

不願介入他人的夢
尋找你
只是端坐，在原來說好
要靠站的月台旁。

曾以為不過雨幕，只要向彼此伸手
便能觸摸到秋天的距離。

而今，我幻想著雪
再度無痕地蓋住歸途。

遠方的星星停靠在山頂
沒有班車的夜晚裡，表情事不關己
兀自明滅著。

留給妳自己不會唱的歌

然後，將自己拋到東岸
一個人騎車，和浪花交換名字
將寂寞投給焚風，看小飛機
自山邊緩緩學習降落。

那是首我始終
不會唱的歌——太像妳名字裡自帶的
金色的光，在遠方
無雨之處
美好而無垢的模樣。

於是，擺在牆上的碎花
決定肆意讓影子們再次發芽，那些昨日
便在河道上無盡拉長。

我在東岸，一個人學著降落
自己拉了轉速也喝了酒
卻仍唱不上去的小調——像浮光海面上
情緒難測的捲雲。

偽裝

理論上
本該是這樣——所有抒情
皆為敘事。

在皺紋滿面之前
以為自己終生漂浮在海上
可以無視星辰隨性升起
放任雲朵彼此抄襲
鮮奶與糖類不需比例，城市肆意擴張
車流會帶走夜晚
始曉則在明日的夢裡。

直到看見岸與燈塔，才著急
想弄清退潮與濤浪
企圖牢記水痕，引導擱淺的鯨群重新出港
學會了揚帆，便胡亂猜測
後天的我們
該如何追逐風的去向。

原來是這樣，關於
一切的敘事
也不過尚未成熟的
抒情的偽裝。

於是

於是，為自己準備一個漂浮的房間
綁在絲狀的雲帶上飛行。

但晃動的概念不相同
約在幾顆彗星之際，閃爍不止
我在對自己說話嗎？
回音如轉動的浮世繪，沒入冷色的沉默
至於殘落的光
宿醉般隨意地發出暈船訊號。

房間裡，回到原來時空中
凌亂如百日後的戀情
消去水腫的臉
寂寞豈甘輕易現身？

轉身，我於是回到新時間的外頭
悔恨自己忘了關上
推不開的門
而房間還在漂浮，但在這裡
漂浮比沉沒的概念
還要絕望。

蜃樓

話沒說完
天已經亮了
而潮汐忘了誓言，再度
輕易地退去。

海濤裡，你是流動的沙
而我是渴望離岸的夕陽。

一切都已發生，只得在雨季
綿延之前，在魚群遠離之際
在南風來臨之時

保持緘默，如一株被溫泉裡氤氳的愛
窒息的珊瑚。

並盲目深信彼此的疼痛，終能
勝造了無盡浮屠。

天還沒亮
話卻已經說完——誓言忘記
潮汐終再漲來而自己
只能白化成枯骨與珍珠。

過期

陷於日常的僵局
像困在蒟蒻，或是果凍裡的鬥魚
錯過了可以換氣的契機。

而貓晃著長毛尾巴，徘徊在
玻璃魚缸旁
隔著夏天
若無其事地盯著。

一根羽毛，過輕地浮在此刻
宇宙光與影的交會處。

才想起上個月買的
芒果口味的布丁
也一直待在冰箱，自己愣愣地
等待過期。

髮簪

取妳的髮簪寫信，羞澀是火
愛戀則為一座
尚未學會游泳的海洋。

才意識彼此
原來一直都是沒能被聽懂
最善意的謊。

紙上的折痕與字跡
看不出陰晴
像春天像我，而桃花與過渡註定是妳
最花白的一根斷髮。

用妳的髮簪
為過氣的青春下錨——浮起的水沫與光
像風箏像我
當時沒能吐出的實情。

對面

這次，我
對了嗎？

自己的影子
終於知黑而返白
穿著婚紗的友人們，坐著名牌禮車
盡皆離去了。

抬頭看天花板上
滿是交互纏繞不斷錯身的訊息與戀人
他們再度掀起被遮蔽世界——是誰

將我武裝為器，並於終點前又
逼我棄械投降？

當兔子都逃走後
又是誰，輕易想棄養或烹煮
自己的獵犬？

難道黑色的飛魚注定只能是你
隨意遺忘的神話？

那就這樣，影子對我說
友人們離去了，沒關係
他們的孩子也就要來了。

對了吧？

這次，在沒有尼姑端端的停車場中

感到孤冷、隨時將暈死並慾火高張的

都是我

站在世界對面的樣子。

樣子

為了成為
妳喜歡的樣子
整個夏天
我盯著水缸裡滑溜溜的金魚
作了幾個攀在貓牆上的夢
在池裡學習如何呼吸水面的泡沫。

而秋天沒有敲門就進來
妳自葉梢
隨樹影一起墜落；必須趁著
蒼白的日晝，我低頭修剪

自己的語氣
深信只要窗關緊了
黎明便不會離開。

為了成為妳
喜歡的樣子。

冬日，將火點燃——北歐的傢俱
極光與神話。
空腹時便囓咬寂寞
渴求時任靈魂淋浴泥水與寒流
讓眼神澄清
如澗谷邊結霜的石頭。

終於知道，春天可能
不會來了
可我仍然堅持賴在那裡——為了成為妳
喜歡的樣子。

燈火通明

關上房間的燈，遠處
戀人們有著燈火通明的愛情。

而我已明白，沒有海的房間
終究飼養不了一頭藍鯨。

新時代的燦爛該
屬於今年的夜空與夏季。

遠方，我猜想
所有美好都該屬於妳；於是選擇關上燈

並與沉默一同懷想我們
也曾是這樣
燈火通明。

少子年代

——致小產的友人夫妻

一、

這是一行輕聲而不需被指認的安慰。

二、

認識多年，我曾以為你們的世界
無力騰出更多空間
扎根另一場相遇。

畢竟教育現場只是零散的工地，流浪
才是我們真正的本名。

偶爾在週末
我提著無糖飲料，探視彼此狹小的假期
都會裡的出租套房
仍如大學時代，住著七分甜的夢想
如今不過多了一些十幾年來
我們疲憊的模樣。

但你們仍慶幸且燦爛地笑著
端出電鍋裡的晚餐，對著我說：
還很年輕，還很年輕。

三、

還記得婚禮時，你們的母親
各自的燦爛表情
這個秋天註定大有，在她們眼裡
稻穗都已成熟，新人和媒婆被急急地簇擁著
一起推上白色的禮車。

但這不是洞房。沿途我將自己隔離在駕駛座
擔心著更遙遠的路況——傳說
總有棕熊，等在鮭魚們迴游的河邊。

婚宴上的祝福像門口一個個制式的花圈
早生貴子，百年好合
彷彿知道大家訂購了一組新的子宮

賓客們紛紛敲碗
等著你們開箱。

四、

夜裡，限時動態是河道上
繽紛的螢火。

我看見你們，在夢的邊緣
緩緩將一盞水燈
放進自己的倒影中。

這是一場無法告別的離散。

凝結於百日內的悲喜——才驚覺
原來你們堅守著
一座必須保密的城池。

水燈隨著流動的愛
慢慢走遠
而我忍著淚，躲在不讓你們發現
沉默的螢火之中。

五、

身處一個少子的年代，我幻想你們
剛剛游經棕熊的棲地——
漂浮的卵，鮮紅的溪流，失去光澤的魚鱗。
這是一行輕聲，而不需被指認的安慰。

同學與他的貓群要搬家

一、

我的同學，帶著他的貓群
一起搬到安平。

有時，我穿過蜿蜒的小巷
順著運河前去拜訪
他便和貓群告假
招待我以甜味和啤酒釀製的夕陽。

偶爾也騎車去漁光島
看人們奔跑，聽海風歌唱
並把遠方的漁火誤會為鯨群——
像更年輕的夢，踏在浪上
一叢叢地發出光芒。

路邊幾艘被棄置的膠筏
連影子都佈滿了青苔，像極了
我們昔日的夢
而今順著運河，我能還找到彼此
他則和貓群一起遷徙安平
住在自己心裡小小的漁港。

二、

當時在後站讀書
我們和貓群一起，旁觀倉促的旅人們
趕不上那些總是誤點的列車。

我們辯論過昨日之雲
烘焙過深的咖啡豆與其產地
假期和街道都過度狹小，乃至於路口地下室
二手書的價位，以及這陣子天氣
是否過度宜人。

這些往往沒有答案
育樂街上的人潮，每年更新的招牌
緩緩將他的貓群衰老。

但那時，每張月臺上焦慮的表情
重要不及彼此手中的奶茶——我們偶爾也爭論
到底誰又比誰甜。

三、

曾經共享一座城市
畫面風格類似世紀末的電影
我們總隨意地討論內容與真善美
然後為了吃冰
步行到充滿皺折的正興街。

原來，我們依舊
是彼此眼底的限時動態，順著觀光人潮與河道
持續流動。

「我要和我的貓一起搬到安平去。」
簡短而乾淨的宣言
像一件透著光，晾在陽台的白襯衫。

情緒很擁擠
像剛剛看完的老電影。

偶爾，我沿著運河去看他
他的貓群還在
只是沒辦法再輕易地跳上年輕時
那道能隨意觸摸的晚霞。

因為明天就要開始了

明天就要開始了。

我想和路邊的積水
躺在一起。

雨季過去了，倒影還停在隨時可能
消失的從前
車潮陣陣漲退
城市操弄術語和頹廢，對比往日
顯得更加緊迫。

這一切，多麼值得放棄？當我們的名字
再度被等待給沒收。

不會再回來了。連嘆一口長氣
也得讓世界糾正
老了以後，誰還嚥得下年輕時
為彼此醃漬的影子？

此刻，只想
凝視自己百無聊賴而
一無是處的美麗。

因為明天，就要開始了。

註：也關乎夏宇和陳雋弘。

國家圖書館出版品預行編目（CIP）資料

因為明天就要開始了 / 謝予騰著 . -- 初版 . --
新北市 : 斑馬線出版社 , 2022.07
面；　公分

ISBN 978-626-95412-5-6（平裝）

863.51　　111010217

因為明天就要開始了

作　　者：謝予騰
總 編 輯：施榮華
封面插圖：吳箴言

發 行 人：張仰賢
社　　長：許　赫
出 版 者：斑馬線文庫有限公司
法律顧問：林仟雯律師

斑馬線文庫
通訊地址：234 新北市永和區民光街 20 巷 7 號 1 樓
連絡電話：0922542983

製版印刷：龍虎電腦排版股份有限公司
出版日期：2022 年 7 月
ISBN：978-626-95412-5-6
定　　價：280 元